있지도 않은 문장은 아름답고

이제니

있지도 않은 문장은 아름답고

이제니

PIN

013

차례

PIN

013

있지도 않은 문장은 아름답고

이제니

시

울고 있는 사람

우울을 꽃다발처럼 엮어 걸어가는 사람을 보았다. 땅만 보고 걷는 사람입니다. 왜 그늘로 그늘로만 다니느냐고 묻지 않았다. 꽃이 가득한 정원 한편에서 울고 있는 사람. 누군가의 성마른 말이 너를 아프게 하는구나. 누군가의 섣부른 생각이 너를 슬프게 하는구나. 갇혔다고 닫혔다고 생각하지 말고 그 자리에서 곧장 일어나 밖으로 밖으로 나가세요. 산으로 들으로. 강으로 바다로. 너를 품어주는 것들 속으로 걸어 들어가세요. 그렇게 걷고 걷고 걷다 다시 본래의 깊은 자기 자신으로 돌아오세요. 그러나 너는 여전히 그 자리 그대로 남아 있구나. 갈 곳이 없어 갈 곳이 없는 사람인 채로. 구석진 곳을 찾아 혼자서 울고 있구나. 구석진 곳에서 울고 있는 또 다른 누군가의 울음소리에 귀 기울이고 있구나.

숨 쉬기 좋은 나라에서

숨 쉬기 좋은 나라에서 숨 쉬고 셈하고 누워 있었다. 시간은 접히면서 흘러가고 나의 키는 점점 줄어들고 있었다. 지금 막 떨어져 내리며 바닥을 뒹구는. 풀잎을. 밟고. 가는. 걸음이 있었다. 걸음이 멀어지는 동안. 언젠가 언제고 내게로 왔었던 것들이 하나둘 다가와 곁에 누웠다. 밟혔던 풀잎과 찢겼던 날개와 절룩이는 다리와 들썩이는 어깨가. 오래 묵은 이야기로 펼쳐지며 서로의 등을 쓰다듬었다. 차라리 보이지 않는 편이 더 낫지 않을까요. 꿈속의 너는 작고 여린 가지를 흔들며 다가오고 있었다. 무언가 부추기는 것인지 부축하는 것인지 알 수 없는 자세로 다가오고 있었다. 숨 쉬기 좋은 나라에서는 살아 있는 호흡을 자각할 수 있었으므로. 눈을 감지 않아도 볼 수 있는 것들이 지천에 널려 있었다. 기울기. 모서리. 무너짐. 주저함. 밤과 낮 너머로 하염

없이 사라져가는 빛. 잊고 또 잊었는데도 다시 돌아오고 또 돌아오는 숨결들. 시간을 셈하는 새로운 계산법을 익힐 수도 있었다. 되새기고 싶지 않았던 기억을 새롭게 수정할 수도 있었다. 영혼의 저 바닥 끝까지 내려가면 무엇이 있습니까. 여전히 너는 작고 여린 가지를 흔들며 다가오고 있었다. 한 손으로 쥘 수 없는 빛이 네 머리 위로 내려앉고 있었다. 어제를 되새김질하며 스스로를 괴롭히지 않겠다고 다짐했습니다. 숨 쉬기 좋은 나라에서 너와 나는 다시금 살아나고 있었다. 시간은 과거에서 빌려 오는 것이라는 사실을 알고 있습니까. 말하지 않아도 훤히 들여다보이는 슬픔이 너와 나를 묶어두고 있었다. 흙. 먼지. 밀고. 가는. 구슬. 눈물. 얼굴. 구름. 얼었고 녹았다. 녹았고 다시 얼었다.

헐벗은 마음이 불을 피웠다

    은박의 박제의 날개의 계단 아래 모여 있었다. 철 지난 노래를 부른 것은 어제의 일이었다. 모두에게 사랑받으려고 한 것이 나의 잘못이다. 깨달음은 네 눈동자 속에서부터 왔다. 노래는 모래로 흩어졌다. 흩어진 모래는 노래로 흩날렸다. 헐벗은 마음이 불을 피웠다. 불은 불꽃을 품고 있었다. 불꽃은 꽃에 속하지 않았다. 불꽃은 나무에도 속하지 않았다. 불과 불 사이의 어둠이 문득 밝았다. 나무에 속하지 않는 불꽃은 나뭇가지가 없었다. 나뭇가지가 없는 불꽃에는 잎 하나 매달려 있지 않았다. 어른거리면서 춤추는 것. 우리는 그것을 벽과 벽 사이의 불화로 이해했다. 나무가 되는 상상은 나무가 되지 못하는 오늘을 일깨웠다. 끝없이 열리는 눈동자 속에서 끝없이 열리는 목소리를 듣고 있었다. 기도는 무릎을 꿇어본 적이 있는 사람의 몫이라고 생각했다. 잃어버린 눈빛을 대신하는 불꽃 속에서. 앓고 있는 사람이 자신도 모르게 내뱉는 신음 속에서. 어제의 불꽃이 어제의 노래로 번져가고 있었다. 밀려가는 무늬 뒤로 한 겹의 무늬가 더 흐르고 있었다. 동심원이 사라지듯 떠올리는 것은 이제는 없는 어제의 자리일 뿐이이시. 기억에 남아 있는 목소리를 끄집어내어 그대로 흉내 내고 있었다. 여섯 줄 혹은 열두 줄의 현악기를 튕기듯이. 현을 울리는 손가락의 순서대로 닫힌 입을 열었다. 미처 말하지 못한 어제의 고백이 완성되고 있었다. 은박의 박제의 날개의 계단 아래 모여 있었다. 타오르는 불꽃을 바라본 것은 철 지난 노래를 부른 뒤의 일이었다. 벽과 벽을 물들이는 것은 꽃과 나무의 그림자였다. 타오르면서 스러지는 것. 우리는 그것을 눈빛과 눈빛 사이의 간절함으로 이해했다.

사막의 말

기억은 언제나 사막에서부터 시작된다. 끝없이 허물어지는 모래언덕과 모래언덕. 영원히 도달할 수 없는 미지의 지평선. 오직 자기 자신 외에는 아무것도 만날 수 없는. 고독 속의 고독. 고독 끝의 고독. 나는 나 자신의 좌표를 더듬거리며 열사의 사막 한가운데 서 있다. 말할 수 없는 위도와 경도 사이에서. 끊임없이 떠내려가고 미끄러져 가면서. 너는 사막의 울음소리를 들어본 적이 있느냐고 물었다. 그것은 이상한 체념이 섞인 어딘가 과거의 사람 같은 어투였다. 말하는 순간 벌써 과거의 일이 되어버리는 듯한. 이제 막 죽어버린 무언가를 바라볼 때의 느낌 같은. 아무것도 잡히지 않는 허공을 향해 부질없이 손을 뻗어보는 것과 같은. 나는 대답 대신 이후로 한 번도 너를 만난 적이 없다는 사실을 떠올렸다. 실재하지 않지만 실재한다고 느끼는 것. 실재하지 않음으로써 실재하는 사물들처럼. 언젠가 너는 흘러가는 눈길에 대해서 이야기한 적이 있다. 녹지 않는 눈길에 대해서. 위로하는 눈길에 대해서도. 사막의 울음소리. 그것은 존재의 내면에서 울려 나오는 음악이지요. 존재가 견딜 수 있는 한계의 극점에서 만나는 소용돌이 속의 고요. 삶의 한 모서리를 밝혀내는 침묵의 입자. 그것은 죽음의 순간에나 목도하게 되는 무엇인지도 모르지요. 그러나 사막의 울음소리를 종이 위에 단단히 고정시킬 수 없을 때. 사막의 울음소리에 대해 아무런 말도 찾을 수 없을 때. 우리는 어떻게 해야 하나요. 조용히 입을 다무는 수밖에. 입을 다물듯 끝없이 말하는 수밖에. 너는 어떤 질문 하나를 남겨둔 채 사막으로 떠나 두 번 다신 돌아오지 않았다. 깨달음이 후회라는 말과 그리 다르지 않다는 것을 알게 된 것도 그 무렵이었다.

닫힌 귀를 따르듯이

　너의 귀는 태어날 때부터 소리를 저버렸다. 닫힌 귀를 따르듯이 너의 입은 너의 말을 저버렸다. 너의 손가락은 너의 가슴 위에서 보이지 않는 꽃을 그렸다. 아무도 듣지 못하는 너의 말은 열렸다가 닫혔다가. 검은 구멍이었다가 잿빛 구름이었다가. 메아리는 울림과 무관한 그림자였다. 너는 지옥을 보지 않으려고 자꾸만 자꾸만 손가락을 구부렸다. 손가락 끝에서 숨소리가 새어 나왔다. 바닥으로 떨어져 이리저리 굴러다녔다. 더듬거리며 더듬거리며 너는 사물의 표면을 읽었다. 마룻바닥은 진동하고. 물컵의 물은 흔들리고. 그리고 한숨. 그리고 호흡. 너는 오래도록 깊은 물속에 잠겨 있었다. 혀끝은 발끝보다 멀리 있었다. 발끝 저 너머에서는 풀이 자라고 있었다. 한낮의 돌멩이 하나가 느릿느릿 기어가고 있었다. 너는 참아왔던 긴 한숨을 내뱉었다. 너는 머뭇거렸던 한 발을 내딛었다. 그리고 춤. 침묵을 침묵으로 발음하지 않는 사람의 혀끝에서. 그리고 춤. 하나의 돌멩이에서 시간의 흐름을 듣는 네 자신의 발끝에서. 한 발 한 발 내딛고 나아가는 자리마다 뜨거운 먼지바람이 피어올랐다. 한 걸음 한 걸음을 한 입술 한 입술 위에 얹어보려고. 너는 자꾸만 자꾸만 손가락을 구부렸다. 한 입술에서 한 심장으로. 한 심장에서 한 손가락으로. 마룻바닥을 두드리는 네 발소리의 진폭이 잦아들고 있었다. 탁자 위에는 한 잔의 투명한 낮. 고요한 것이 고요하게 흐르고 있었다. 어둡고 아득한 것이 일렁이고 일렁이고 있었다.

너는 오래도록 길고 어두웠다

나는 오래도록 길고 어두웠다. 너는 오래도록 무
겁고 아득했다. 너는 너를 참았고. 나는 나를 속였
고. 너는 너를 피했고. 나는 나를 멀리했다. 네가 돌
보던 사람들이 마침내 모두 죽었을 때 너는 너 자신
을 죽였고. 그리하여 몸이 지나간 자리 위로 길고
어두운 그림자가 따라갔다. 오래전 죽은 개 한 마리
도 너와 함께 걸어갔다. 깊고 맑은 눈동자와 작고
네모난 방 하나면 족합니다. 고립되지 않기 위해서
너는 매일매일 꾸준히 무언가를 썼다. 문장은 담장
밖을 넘어가는 법이 없었다. 길고 어두운 길이라고
쓰면 길고 어두운 길이 펼쳐졌다. 길고 어두운 밤이
라고 쓰면 길고 어두운 밤이 지워졌다. 길고 어두운
길을 따라 길고 어두운 밤을 지나 길고 어두운 마음
에 도착하면. 너의 낯빛을 맑게 물들이는 오랜 단념
이 있었다. 창문을 조금만 열어줄 수 있습니까. 불

빛을 조금만 낮춰줄 수 있습니까. 주어 없는 문장 문장마다 너의 그림자가 배어 있었다. 구원받지 못한다는 사실이 슬프게 기뻤다.

처음처럼 다시 우리는 만난다

너의 손에는 아직 놓지 않은 보이지 않는 끈이 있다. 너를 타인과 구별 짓게 하는 색깔. 너를 온전히 너 자신이게 하는 목소리. 빛이 바래고 키가 자라는 동안에도 물결은 꾸준히 흐른다. 어느 날의 물결은 돌아보고 싶지 않은 너의 얼굴이다. 어느 날의 바람은 돌아가고 싶은 어떤 장소이다. 너는 네가 서 있는 이곳이 언젠가 네가 사랑했던 바로 그 장소라고 느낀다. 와본 적이 없는데도 너는 이 색깔들을 뚜렷이 기억하고 있다. 이후로도 너는 네가 사랑했던 장소들을 끊임없이 찾아낸다. 네가 서 있는 바로 그곳에서. 무의식적으로. 의지와 상관없이. 살기 위해서. 견디기 위해서. 조금씩 날이 밝아온다. 너는 네 속의 절망적인 목소리를 비집고 솟아오르는 또 다른 목소리를 듣는다. 얼마간의 시간이 더 남아 있다고. 시간 속에서. 시간과 함께. 한 번 더 낭비

할 시간. 한 번 더 나아갈 시간. 그것은 너의 목소리를 닮은 무엇이다. 그것은 너의 목소리를 닮지 않은 무엇이다. 너는 네 손안의 끈을 다시 만지작거린다. 그리하여 너는 어느 날의 그 호수에서 처음처럼 다시 너를 만난다. 그리하여 우리는 어느 날의 그 물결 위에서 처음처럼 다시 우리를 만난다.

보이지 않는 한 마리의 개

지난날 그의 집 정원은 계절 꽃으로 가득했다. 지금은 꽃이 없는 계절이다. 계절 아닌 계절에 찾아온 누군가에게 그의 정원은 빛 없는 장소이다. 봄의 화사함 혹은 여름의 무성함은 그리하여 누군가에게는 모르는 억양이다.

그리고 보이지 않는 한 마리의 개. 개는 보이지 않는 정원의 보이지 않는 무성함 속을 뒹굴고 있다. 그는 보이지 않는 개의 보이지 않는 눈 속에서 보이지 않는 무언가를 본다. 시들어버린 꽃과 떨어져 나부끼는 잎과 꺾이고 부러진 나뭇가지들…… 소리 소문 없이 사라진 사람들과 흔적 없이 사라진 어제의 길들…… 끝은 이미 정해져 있었다고 쓰면서. 마지막 문장은 언제나 맨 처음 쓰인 것이라고 쓰면서. 줄글은 달려 나가는 동시에 달아난다.

그리고 거름 더미 위에 앉아 울고 있는 녹색. 색깔보다는 소리로 불리길 원했으므로. 다시 소리 내어 울고 있는 녹색. 그는 정원의 사잇길을 따라 걷는다. 보이지 않는 개가 그의 뒤를 따라 걷는다. 울고 있는 녹색이 보이지 않는 개의 뒤를 따라 걷는다.

언젠가 아주 어린 날. 학교에 나오지 않는 친구를 만나기 위해 걷고 걸었던 길고 긴 밤길. 친구는 몇 날 며칠을 울어 부은 눈으로 그를 마중 나와 있었다. 아버지가 돌아가셔서 학교에 나오지 못했다고 했다. 슬픔에 대한 예의를 알지 못했으므로. 가만히 위로하는 법을 알지 못했으므로. 그는 친구보다 더 크게 울고 울었다.

그리고 다시 보이지 않는 개. 그리고 다시 속으로 속으로 울고 있는 녹색. 그는 정원의 사잇길과 사잇길을 천천히 천천히 걷는다. 부은 눈으로 자신을 달래주던 어린 날의 친구를 두고두고 생각하면서. 울고 걷고 울고 걷고. 녹색은 색깔보다는 소리로 불리길 원했으므로. 울음은 보이지 않는 개의 눈 속에 그득하였고. 보이지 않는 무성함은 보이지 않는 마음으로 맴돌고 있어서.

지난날 그의 집 정원은 계절 꽃으로 가득했다. 이제는 꽃도 잎도 없는 계절이어서. 보이지 않는 개와 울고 있는 녹색이 언제까지나 언제까지나 그의 뒤를 따라 걷고 있다.

나뭇가지들은 나무를 떠나도 죽지 않았고

우리는 서로의 손을 잡고 눈을 감았지. 서로의
영혼을 더 잘 읽기 위해. 서로가 서로에게 더 좋은
빛을 나눠 주기 위해. 우리는 서로의 과거와 미래
사이를 오갔지. 감았던 눈을 떴을 때. 우리는 서로
의 눈을 바라보았고. 나에 대해. 너에 대해. 우리에
대해. 서로의 영혼을 들여다보며 보았던 그 모든 풍
경들에 대해 이야기 나누었지. 어디서 마주쳤는지
알 수 없는 얼굴들. 어디서 묻어 왔는지 알 수 없는
먼지들. 기억과 망각. 입김과 고드름. 반복해서 읽
어도 새로운 책. 낱말을 처음 배우는 아이의 낱말카
드. 동사보다는 명사가 더 선명하게 느껴지는 계절.
겨울 숲속의 말없는 산책. 고독 속의 고독. 고독 끝
의 고독. 고독 속에 있을 때 우리는 어디에 있는가?
안에 있는가, 밖에 있는가?* 여행 가방을 꾸리는 새
벽의 피로. 이른 아침에 도착하는 낯선 기차역. 말

할 수 없는 말들과 말해져서는 안 되는 말들. 대기실. 휴게실. 정류장. 정거장. 싸구려 호텔 로비나 야간열차의 식당칸. 흡연 욕구로 가득한 공항의 흡연실. 불 꺼진 안내 데스크 위에 놓인 피로한 팔꿈치들. 나 혹은 당신이 무언가를 기다리거나 기다리지 않았던 바로 그 시간. 읽거나 읽지 않았던 어제의 책들과 함께. 당신 혹은 내가 조금은 부족하게 존재했던. 저곳과 그곳 사이의 그 모든 이곳들. 흘러가는 물결과 물결 속에서 조각 낱말로 간신히 말하던 날들. 비는 좀처럼 그칠 줄을 몰라 물고기 가면을 쓰고 걸었지. 더 이상 잃어버릴 것이 남아 있지 않다고. 간신히 남아 있는 그림자를 바라보았을 때. 전신주 아래에는 새들이 놓쳐버린 새 둥지 가지들이 떨어져 있었고. 어떤 나뭇가지들은. 어떤 나뭇가지들은. 나무를 떠나도 죽지 않았고. 죽지 않은 기억은 죽지 않은 노래를 흥얼거렸고. 새들은 오늘 다시 날아오르며 노래한다. 팔랑거리는 작고 거대한 날개들. 이 어둠이 걷히면. 이 기억이 스러지면. 어제의 양떼구름을 잊어버렸듯 오늘의 나무둥치의 상처도 잊게 되겠지. 기쁠 것도 슬플 것도. 기억할 것도 잊어야 할 것도. 간직할 것도 버려야 할 것도. 얻어야 할 것도 구해야 할 것도 없다는 듯이. 먼지는 어둠 속에서 별처럼 반짝인다. 너에게는 아직도 잃어버려도 좋을 무언가가 남아 있었고. 어떤 나뭇가지들은. 어떤 나뭇가지들은. 나무에서 나무로 여전히 옮겨 다녔고. 어느 날 문득. 처음부터 흙이었다는 듯이. 마침내 땅으로 내려와 쉰다. 다시 천천히 눈을 감는다.

* 미셸 슈나이더, 『글렌 굴드, 피아노 솔로』.

있지도 않은 문장은 아름답고

있지도 않은 문장은 아름답고 노인의 마음을 생각한다. 아침이 되면 머리에 흰 가루가 내려앉아 있습니다. 노인의 마음으로 노인의 길을 걸으면 겨울 바람이 불어오고 손과 발이 얼어붙고. 걷고 걷다 보면 어느 결에 허리가 굽어 있다. 이 고독이 감옥 같습니다. 말을 나눌 곳이 없어서 종이를 낭비하고 있다. 있지도 않은 문장은 아름답고. 아직 쓰이지 않은 종이는 흐릿한 혼란과 완전한 고독과 반복되는 무질서를 받아들인다. 손가락은 망설인다. 손가락은 서성인다. 노인의 마음으로 말한다는 것. 노인의 마음으로 적어 내려간다는 것. 휘파람을 불 때도 노인의 마음으로. 노래를 부를 때도 노인의 마음으로. 노인은 어쩐지 외롭고. 노인은 언제나 다리가 아프고. 노인은 짐짓 모르는 척 고요히 물러나고. 노인은 노인의 마음으로 가만히 인사한다. 안녕하세요.

나는 조금씩 조금씩 죽어가고 있습니다. 노인의 마음은 망설임을 갖고 있고. 노인의 마음은 말하지 않는 잎사귀를 떨어뜨리고. 노인의 마음으로 거리를 걸으면 있지도 않은 문장은 더욱더 아름다워지고. 있지도 않은 문장은 있지도 않은 문장으로 다시 인사를 건넨다. 안녕하세요. 나는 점점 더 붙박인 몸으로 살아가고 있습니다. 바람은 차고. 구름은 자고. 나무는 잎을 만나지 못하고. 비는 다시 하늘로 올라가고. 흰 가루는 점점 더 수북이 쌓입니다. 있지도 않은 문장은 아름답고. 거리로 나서면 다시 도는 잎사귀 곁으로 노인의 마음이 스쳐 지나간다.

이누이트 이누이트[*]

잠든 적이 없는데도 꿈을 꾸었다. 깨어나 보니 흐르는 육면체 속이었다. 녹으면서 얼고 있는 집. 얼면서 녹고 있는 집. 너는 기어이 떠내려가고 있었다. 거슬러 가는 그곳을 향해. 지나쳐 왔던 목소리를 향해.

이누이트 이누이트 멀고도 먼 이누이트

너는 얼음 위에 문장 하나를 새기고 있었다. 끌칼이 지나간 자리 위로 얼음의 피가 흘러내렸다. 더 많은 얼음을. 더 많은 얼음을. 더 많은 입김을. 더 많은 입김을. 누군가 너의 손에 어제의 불을 쥐여주고 있었다. 너의 손 위에서 나의 손 위로 옮겨놓고 있었다. 처음이라는 듯이 마지막이라는 듯이. 얼지도 말고 녹지도 말고 다만 흐르라는 듯이.

이누이트 이누이트 멀고도 먼 이누이트

  너는 녹아내린 얼음 위에 다시 문장을 새기고 있
었다. 읽히지 않는 무늬를 쓰다듬듯 어둠을 만지고
있었다. 투명한 사각형에서 드넓은 표면으로 흐르
고 있었다. 누군가 저편에서 너를 부르고 있었다.
인간의 언어로 인간의 이름을 불러내고 있었다.

* 이누이트 : 북극, 캐나다, 그린란드, 시베리아의 북극지방에서 어
  로 · 수렵을 하며 사는 민족. 흔히 '날고기를 먹는 사람들'이라는 뜻의
  에스키모라고 불리지만 에스키모인 자신은 스스로를 '인간'을 뜻하는
  '이누이트Innuit'라고 부른다.

둠비노이 빈치의 마음

돌이켜보면 너는 늘 맨발로 서 있었다
잔디밭에 한겨울의 잔디밭에

딱딱하게 말라버린 잔디가
칼날처럼 너의 맨발을 찔러왔을 테지만

닫힌 문 너머에 있는
상상할 수 없는 글자들처럼

너와 나는 재빨리 멀어져 갔다
서로가 서로의 어둠에 물들지 않도록

각자 등을 돌리고 열심히 걸어갔다
서로가 서로의 보호막이 되어주려고

이제 너는 너의 자리에 없고
내 망막이 그려낸 오래된 비밀 속에서
아름답고 구슬픈 형상 하나가 자리 잡고 있다

만지면 보드랍고 자꾸만 울 것 같고
살갗빛의 살구 분홍색이 어려 있는

가장자리로 나아가면서 얇아지는
따뜻하고 뭉게뭉게한 무언가를 입고서

두 눈은 뜨고 있는 듯 감고 있고
눈물은 참고 있는 듯 흐르고 있어

손을 내밀지 않아도
손을 맞잡고 있는 마음으로

둠비노이 빈치 둠비노이 빈치

마주 잡은 두 손 위로 기어이 눈은 내려서
끊임없이 떨어져 내리며 녹아내리는 말의 형상들

나는 내 동공 위를 흘러가는 그 모든 말들을 다
읽을 수 있었다

이제는 없는
나의 눈앞의 너의 눈 속에서
흐르는 그대로 남김없이 알아들을 수 있어서

서로가 서로에게 멀어졌던 어느 날처럼
서로가 서로에게 다시 엄마가 되어주고 있었다

마른 잎사귀 할머니

무언가 타고 남은 열기가 느껴지는 밤이었다.

잎사귀 할머니는
하늘과 땅 사이를 왔다 갔다 하고 있었다.
걷는 걸음 하나하나마다 죽음이 놓여 있다고 말
했다.

결국은 경계를 건너가게 되는 순간이 옵니다.

쓰면서 쓰면서 단단해지는 마음 곁으로
빈 공기를 가르며 지나가는 아주 작은 잎사귀 할
머니.

밤이면 잎사귀 할머니가 날아와
잠들어 있는 내 머리맡에 흰 머리카락 하나를 놓

아두고 간다.

어둠 속에서 어둠으로 어둠을 연명하는 삶.

잠에서 깨어나면 전날의 문장은 지워지고 없었다.

나는 우리가 참 어렵습니다.
나를 죽이고 당신을 죽이지요.

잎사귀 할머니는 여전히
하늘과 땅 사이를 왔다 갔다 하고 있었다.
더는 가닿을 수 없는 사랑도 있다고 말하듯이.

쉽게 비탄에 빠지는 백지 위로
마른 잎사귀 하나가 내려앉고 있었다.

우주의 빈치

지평선은 다가갈수록 멀어지고 있었다. 끝 간 데 없이 늘어나는 직선의 행렬. 빈치는 어둠 속에 가만히 서 있었다. 양치식물의 얼굴로 서서. 어둠이 무엇인지 보여주려는 듯. 나는 다가가지 않는 방식으로 빈치에게 다가간다. 빈치는 말하지 않는 마음으로 멀리 멀리에서 빈치 빈치 한다. 우리의 기억은 빈치의 곁에서 자줏빛으로 타오르고 있었다. 바람은 바람처럼 크고 촛불은 촛불로 흔들리고 있었다. 엄마는 소녀의 어린 양. 엄마는 소녀의 어린 양. 엄마는 여전히 내 주머니 속에 가만히 들어 있었다. 이제 너는 아무것도 보지 못할 거야. 이제 너는 아무것도 기억하지 못할 거야. 기울기를 알 수 없는 감정의 계곡 앞에 서서. 빈치는 빈치 빈치 울면서 노래하고 있었다. 움직이지 않으면서 움직이는 자세로. 기억의 언저리를 맴도는 자줏빛으로 타오르면서. 그것은 붉고 푸른 먼지와도 같은 것으로. 다가갈수록 멀어지는 직선 혹은 곡선의 마음으로. 아름다운 사람은 이 세계에서 자기 자신으로 살아갈 수 없습니다. 지워진 기억을 이어나가듯 빈치가 다가오고 있었다. 움직이지 않으면서 한 발 한 발 다가오고 있었다. 어쩐지 그것은 묵직하고 괴롭고 그립고 아픈 것으로. 내 차가운 손을 자신의 주머니에 넣어주던 누군가의 말 없음 같은 것으로. 어둠은 빛에 가깝게 타오르고 있어서 내 두 눈은 점점 더 넓게 열리고 있었다.

높은 곳에서 빛나는 나의 흰 개

나의 개는 흰색
투명한 귀를 가지고 있어서

높은 곳 높은 곳으로 올라가면서
구름 구름에 얼굴을 맡기고 있었다

구름은 사이좋은 낱말처럼
숨바꼭질하기를 좋아하고

낮은 곳 낮은 곳에서만
이해할 수 있는 것이 있는 것처럼

개는 높은 곳 더 높은 곳에 이르러서야
어떤 사실을 이해하게 되었다고 했다

한 걸음 두 걸음
보드라운 구름 구두를 신고서

자꾸만 자꾸만 자라나는
하늘 계단을 타고 미끄러져 내려오면서

나와 나의 흰 개는 보이지 않는 두 손을 잡고서
모르는 사이 스르르 서로의 꿈속으로 들어갔다

언제나 내가 갖고 싶은 어떤 기분
언제나 내가 갖고 싶은 어떤 기분

조금씩 밝아오는 창 너머로
구름 구두가 둥둥 떠다니고 있었고

흘러가듯 흘러가듯 귓가에서는
존재가 영혼에 딱 달라붙는 소리가 들려왔다

구원이 있는 쪽으로 곧장 걸어가십시오

영혼과 몸이 떨어질 때는
아프고도 구슬프게 쩍 소리가 났다

현악기의 밤

누군가와의 관계에서 제가 원하는 어떤 순간이 있어요.
사람들에 둘러싸여 있어도 우리만 아는 그런 세계.
이번 생에 그 사람이 내 사람이라서 거기에 존재하는
비밀스러운 세계를 만나게 되는 거죠.
—노아 바움백 감독의 영화, 「프란시스 하」 중에서

어두운 밤이다. 밤의 노래를 듣고 있다. 노래는
침묵으로부터 발아한다. 여섯 줄 혹은 열두 줄의 현
이 서로의 몸에 서로의 음을 덧입히고 있다. 현의
울림이 밤의 그림자 위로 말하지 못한 말들의 그
물을 드리우고 있다. 우리만 아는 세계 속에서 살
자. 목구멍 속으로 삼킨 말들이 음악이 되는 세계에
서 살자. 쓰이지 않은 말들이 그림으로 펼쳐지는 세
계에서 살자. 들리지 않는 말들이 어김없이 들려오

는 밤이다. 하나의 세계를 공유하기 위해서 너와 나는 만난다. 그리고. 그런 뒤. 무언가 온전히 공유할 수 없다는 사실을 확인한 채로 너와 나는 헤어진다. 떨어져 나온 자리에서 간신히 피어나는 꽃. 우리라고 말할 수 있는 그 작은 틈새로부터 솟아오르는. 셀 수 없는 후회와 돌이킬 수 없는 미련 속에서. 기도는 작은 틈새로 스며들고. 음악은 눈물처럼 쏟아지고. 색은 아주 작은 물그릇에 담긴 물처럼 흔들리고. 마음은 꿈의 언덕을 뛰어오르듯 낮은 곳에서 높은 곳으로 날아오르고. 어둠은 다시 어떤 아침으로부터 시작되어. 어둠이 밥을 먹고 어둠이 물을 먹고 어둠이 눕는 것으로 어떤 아침은 시작되고. 들리지 않는 음으로 소용돌이치고 있는 물결을 하나 둘 하나 둘 헤아려볼 때. 공명하며 흔들리는 음과 음들에 조응하는. 길고 가는 통로와도 같은 마음과 마음으

로 흐르는. 옮겨 적은 음들의 꼭짓점을 뭉개며 나아
가는 길들이다. 주저하며 망설이며 나아가듯 되돌
아가는 길들이다. 익숙하지 않은 배웅처럼 걸음과
걸음 사이에 문득문득 슬픔이 끼어들면서. 너를 너
로서. 나를 나로서. 있는 그대로 그 자리로부터 울
리면서 물들어가는. 어두운 밤이다. 밤의 노래를 듣
고 있다.

살구 곁에는 분홍

모서리로부터 우유가 쏟아진다. 회색이 섞인 삼각으로부터 안부가 전해진다. 분홍 옆에는 살구가 있습니다. 삼각은 약봉지처럼 얌전히 접혀 있다. 안부는 다정하고 숨은 고르고 너는 생략된 것을 생각한다. 잠 속이다. 뜬눈이다. 겹쳐 흐르는 목소리다. 살구 곁에는 감정이 있습니다. 오지 않는 새가 보이지 않는 가지 끝으로 날아온다. 없는 가지 끝에 매달린 없는 눈송이. 우유가 얼어 사각에 담긴다. 사각은 삼각과 삼각으로 나뉠 수 있습니다. 예의 바르게 인사하고 다시 만날 것처럼 헤어진다. 작별의 말은 하지 않는 편이 좋습니다. 따뜻한 손이 차가운 이마를 짚는다. 걸음을 옮길 때마다 시간 너머로 기울어지는 그림자들. 살구는 입이야. 살구는 얼굴이야. 살구는 언덕이야. 살구는 영혼이야. 너무 오래 말을 고르다가 말을 잃어버린 사람. 잃어버린 말을 따라가다 어둠으로 남겨진 사람. 모서리로부터 들려오는 목소리가 있다. 언젠가의 비행운이 하늘을 뒤덮는다. 잠 속이다. 뜬눈이다. 혼자 걷는 걸음이다. 다시 살구 곁으로 분홍이 온다.

무언가 붉은 어떤 것

해변은 붉게 물들어 있다.

너는 더 이상 그곳에 있지 않다.

너를 너라고 부르지 않는 것.

그것이 너의 이름이다.

월요일. 문을 연다.

화요일. 문을 닫는다.

수요일. 문을 연다. 그리고 계속되는 침묵.

목요일. 너를 부르는 누군가의 소리를 듣는다.

　　　　개를 쓰다듬으며 혹은 창틀을 어루만지며.

금요일. 문을 닫고 침묵. 그리고 계속되는 소음.

토요일. 월요일을 물들이던 너를 회상한다.

　　　　너의 붉은 얼굴. 번져가는 너의 잿빛 그늘.

　　　　문을 닫는다. 그리고 계속되는 독백.

　　　　먼 발자국 소리. 떠나가는 혹은 다가오는.

일요일. 너는 한낮의 극장에서 잠이 든다.
　　　　　일시적으로 영원히. 영원히 일시적으로.

너는 언제나 너 자신을 지우고 싶어했다.
너의 머리 위로 정오의 햇살이 내려앉는다.
너는 무언가 붉은 어떤 것을 미워하는 동시에 갈
망한다.

월요일. 나는 나를 잊어버렸는데도 문은 끝없이
　　　　열린다. 무언가 검은 어떤 것의 출현. 영
　　　　원히 혹은 일시적으로. 일시적으로 혹은
　　　　영원히. 핏빛. 백지의 핏빛. 너의 심장이
　　　　요동친다. 요일은 무한 반복된다. 행진
　　　　곡풍으로 정처 없이. 정처 없이 행진곡
　　　　풍으로.

빛이 있으라 하사 빛이 있음과 같이.
너를 너라고 부르는 소리가 있어.

무언가 붉은 어떤 것만이.
오로지 붉은 어떤 것만이.

해변은 붉게 물들어 있다.
그리고 침묵.

그리고 다시 부르는 이름.

슬픔은 액체 같은 것

바다가 보이는 언덕 위에서 유년을 보냈다고 했다. 부모는 오래전에 떠나고 없다고 했다. 오래된 절망이 너를 키웠다. 그 언덕과 그 바다를 떠난 이후로도 세상은 줄곧 그 언덕과 그 바다로 떠다녔다. 너는 너에게 탄생 축하 카드를 보냈다. 죽어 두 번 다시 태어나지 말라고. 성탄일에는 크고 세모난 나무를 샀다. 나뭇가지마다 은구슬 금구슬을 매달았다. 은구슬 위에는 은 얼굴이. 금구슬 위에는 금 얼굴이. 밤의 나뭇가지에는 밤의 새들이 앉아 있었다. 나뭇가지는 천천히 말라가고 있었다. 슬픔은 액체 같은 것. 울고 나면 목이 마르다는 것. 물관을 거스르는 가지처럼 너는 점점 말라갔다. 점점 말라가면서 한 줌의 흙에 가까워지고 있었다.

지하실 일기

헛된 추억이 나를 사과처럼 상하게 한다. 부풀어 오르는 비밀. 짓무른 기억의 가장자리. 자꾸만 덧나는 어둠과 어둠. 오빠는 오늘도 침대 위에서 입술의 딱지를 뜯고 엄마는 온종일 창밖을 바라본다. 나무 바닥의 빛은 희박해지고 빈자리의 그늘만큼 눈 밑의 늙음도 짙어진다. 이곳은 쓸데없이 창문이 너무 많고 창문의 개수만큼 사라진 얼굴이 어른거린다. 애야, 너는 어제 죽었는데 어째서 여전히 방방마다 있는 거냐. 엄마, 죽은 건 내가 아니에요, 내가 아니에요. 나는 지하실 한가운데에서 손전등을 떨어뜨린다. 어둠의 목덜미를 어루만져주려 했지만 병명 없음 병명 없음. 밤마다 증발을 생각하지만 열기는 턱없이 부족하다. 이불을 뒤집어쓰고 머나먼 설산의 만트라를 암송해도 어둠은 단 한 순간도 줄어들지 않는다. 베어 먹은 삶이 검게 변할

때 사람들은 어떤 눈빛으로 자신의 산화를 견디는
걸까. 죽은 언니의 일기장이 내 이마를 짚어줄 때
배웅하는 손바닥들처럼 탬버린이 울린다. 잦은 바
람에게 인사하는 것은 나의 손도 너의 손도 누구의
손도 아니다. 새벽 내내 철 지난 풀벌레의 기침이
발작처럼 터진다.

모나미는 모나미

　모나미는 당신을 사랑한다. 모나미는 당신을 사랑하고. 모나미는 당신을 껴안는다. 모나미는 당신을 울고. 모나미는 당신의 어깨를 두드린다. 문득 어디선가 소음처럼 목소리 하나 끼어들고. 모나미는 좁고 어두운 마음 바닥에 누워 있다. 모나미는 언제나 조금 허기진 상태이고. 모나미는 편의점 진열장 한구석에서 당신을 바라본다. 모나미는 어떤 사실이 늘 새롭게 부끄럽고. 모나미는 드러내고 싶은 여백이 간절히 필요하고. 모나미는 종이 상자로 이룰 수 없는 집을 짓는다. 모나미는 몬암이. 모나미는 못난이. 모나미는 종이 상자 위에 당신의 이름을 적어 넣고. 모나미는 당신의 보폭을 따라 걸어간다. 모나미는 우리들의 정다운 벗. 모나미는 153 들판의 푸르른 언니. 허기진 당신이여. 부끄러움을 부끄러워하지 말아라. 흔들리며 떨리는 불안한 손가락을 숨기지 말아라. 모나미는 모나미. 모나미는 모나미. 모나미는 한 번도 본 적 없는 회전식 슬픔. 모나미는 한 번도 느껴본 적 없는 원주율 감정. 모나미는 우리들의 숨길 수 없는. 모나미는 우리들의 잊을 수 없는.

달 다람쥐와 함께

달 다람쥐와 함께 물 그림자와 함께
단 목소리와 함께 잎 이파리와 함께
숲 메아리와 함께 새 속삭임과 함께
눈 비둘기와 함께 별 그리움과 함께

함께 함께 함께 함께 함께 함께 서로 함께

먼 눈동자와 함께 말 시치미와 함께
들 도토리와 함께 길 고양이와 함께
비 소나기와 함께 빛 어두움과 함께
밤 무한함과 함께 음 망설임과 함께

함께 서로 함께 함께 모두 함께 함께 서로

메아리를 울리며 소나기를 맞으며

고양이를 따르며 눈동자를 심으며

그리움을 받아들여 시치미를 뒤덮으며
목소리를 돌려주듯 이파리를 흔들면서

어제를 되짚으며 오늘을 입고 서서
내일을 가로질러 다시 달 다람쥐와 함께

함께 함께 함께 함께 모두 함께 서로 함께

계속된다 계속된다 반복된다 반복된다
변주된다 변주된다 다시 시작된다 시작된다

달 다람쥐와 함께 밤 하늘을 날아간다면
정말 정말 기분이 좋을 거예요!

좋아하는 동물 목소리 들려온다

좋아하는 동물 목소리 들려온다. 뜬눈으로 뜬눈으로. 깜빡이며 깜빡이며. 어두움 어두움. 어두움으로 속삭이며. 어제의 자리만큼 오늘의 자리를 옮겨가는. 그믐 그늘 그믐 그늘. 가늠할 수 없는 말을 적고 또 적는. 덧붙이면 덧붙이는 대로 사라지는 문장들을 따라가는. 좋아하는 동물 목소리 들려온다. 그림자 없는 한밤의 물속에서도. 방울방울 맺히는 깊은 동굴 속에서도. 물고기 물고기. 낯익은 입속말로 중얼거리며. 민들레 민들레. 지나온 들판을 내달리면서. 매일매일 조금씩 조금씩 잊혀지면서. 매일매일 조금씩 조금씩 도착하면서. 동물 목소리 들려온다. 목소리 동물 들려온다. 좋아하는 동물 목소리. 동물 목소리 좋아하는. 들려온다 동물 목소리. 좋아하는. 좋아하는.

이름 없는 사물의 그림자를 건너뛰면

이름 없는 사물의 그림자를 건너뛰면
살아 있는 장소가 나타난다.

헐벗은 나무가 있습니다.
헐벗은 나무가 있습니까.

드물게 물웅덩이 나타납니다.
드물게 물웅덩이 나타납니까.

이끼는 아끼는 숲 그늘 속에서.
아끼는 이끼는 그늘 숲 속에서.

그림자를 거느린 사물이 보입니다.
그림자를 거느린 사물이 보입니까.

당신은 어디에 있습니까.
당신은 어디든 있습니까.

언어는 과거에 있습니다.
언어는 과거에 있습니까.

살아 있는 장소에 살아 있는 사물들이 있습니다.
살아 있는 장소에 살아 있는 사물들이 있습니까.

이름 없는 이름 잊은.
이름 잃은 이름 모를.

사물은 어디든 있습니다.
사물은 어디든 있습니까.

장소는 살아 있습니다.
장소는 살아 있습니까.

살아 있는 장소에 살아 있는 사물은 몇 개입니까.
살아 있는 장소에 살아 있는 사물은 몇 개입니다.

여기에도 저기에도 거기에도 너머에도.

셀 수 없이 많습니다. 셀 수 없이 많습니까.

사물이. 장소가.
살아 있습니다. 살아 있습니까.

지금도. 지금도. 지금도 있습니다.
지금도. 지금도. 지금도 있습니까.

둥글게 원을 그리고 서서

빗자루질을 하다 말고 보고 있었다

둥글게 원을 그리고 서서 보고 있었다

어제와 다름없는 집마당의
색색으로 빛나는 자갈들 위로
우리들의 머리 그림자 슬며시 스며들어

계속되는 자갈들의 속삭임이랄까
내려앉는 잎새들의 두런거림이랄까

빗자루를 들고 서서 바라보고 있었다

문득 시간을 바라보는 눈이 되어
그저 허공을 바라보는 시간의 눈이 되어

하늘과 바람

자갈과 풀잎

흰 산으로 나아가는 검은 돌

흰 산으로 나아가는 검은 돌
흰 산으로 나아가는 검은 돌

검은 돌은 다리를 절룩인다
검은 돌이 다리를 절룩일 때 사람과 사물은 평등
하고

검은 돌이 다리를 절룩일 때
너의 어깨 위로 한 줌의 먼지가 내려앉는다

그러니까 검은 돌은
사물의 기억을 등에 지고 천천히 나아가는 것이다
그러므로 흰 산은 검은 돌의 걸음만큼 조용히 물
러나는 것이다

검은 돌이 다리를 절룩일 때

흰 산은 흐리게 흐리게 흐르고 있어

잠들지 못하는 검은 밤에 너는

잠들지 못하는 검은 돌이 되어

자꾸만 자꾸만 어딘가로 흘러가는 것이다

PIN

013

되풀이하여 펼쳐지는—마전麻田

이제니

에세이

되풀이하여 펼쳐지는

—마전麻田

In the midst of winter, I found there was,

within me, an invincible summer.

—Albert Camus

쓰이길 바라며 숨어 있는 장소가 있다. 시간과 공간을 덧입은 구체적인 장소이기 이전에 하나의 이미지로서. 하나의 이름으로서. 다시 또 되풀이하여 펼쳐지는 얼굴과 몸짓과 목소리로서. 시간과 공간을 초월해 거기에 있는 것. 초월해 있으므로 어디에든 있고 어디에도 없는 곳. 무의식의 차원에서 발

없는 유령처럼 따라다니고 따라다니는 것.

그렇게 마전이라는 장소가 있다. 내 유년의 기
원. 내 유년의 들판. 어릴 적 쌍둥이 언니와 내가 다
니던 탁아소가 있던 곳. 마전이라는 지명에는 언제
나 어떤 빛나는 야성이 깃들어 있다고 느끼곤 했는
데. 그러면 곧바로 밝고도 어두운 빛이 되살아나면
서 가슴 한편이 아려오곤 했다. 가슴을 두드리는 그
빛이 무엇인지. 그 빛을 이루는 감정의 정체가 무엇
인지 스스로에게 밝혀보려고 하면 할수록 다가왔던
빛은 문득 빠르게 사그라들었고. 마전은 원래 그런
곳이었다는 듯 끝없는 암흑 속으로 곧장 떨어졌다.
멀어졌다. 알 수 없는 곳으로. 알지 못했던 곳으로.

그리고. 하나의 단어처럼 공작 한 마리가 있다.
공작은 마전의 탁아소 뒷마당의 어두운 울타리
속에서 우아하게 거닐고 있다. 영원이라는 것이 있
다는 듯이. 공작은 언제까지나 언제까지나 어두운
바닥의 이 끝에서 저 끝까지 천천히 천천히 거닐고

있다.

　마전은 집과는 좀 떨어져 있는 동네였다. 그곳의 탁아소에 다니게 된 것은 집 근처에 유치원이 없었기 때문이었는데. 탁아소는 여섯 살의 걸음으로 삼사십 분 정도는 걸어야 도착할 수 있는 먼 곳이었다. 아침을 먹고 쌍둥이 언니와 함께 집을 나선다. 걸어가는 왼편으로는 바다가 있다. 바다 바로 곁에서. 바다를 바라보면서. 우리는 걷고 걷는다. 그렇게 삼사십 분 정도 걸어가면 탁아소에 도착했고. 노래와 율동을 배우고 동화책을 읽고 덧셈과 뺄셈을 공부하고. 점심을 먹고 난 뒤에는 낮잠을 잤다. 낮잠 시간이 되면 잠이 오지 않아도 각자의 베개를 베고 각자의 자리에 누워 잠을 자야만 했는데. 대개 잠이 오지 않았던 언니와 나는 마주 보고 누워 잠든 척을 했고. 그러다 보면 어느 결에 잠에 빠져들기도 했고. 길고도 긴 낮잠 시간이 지나면 어느덧 집으로 돌아갈 시간이었고. 언니와 나는 탁아소를 나와 다시 걷고 걷는다. 걸어가는 오른편으로 바다가 있다. 바로 곁의 바다를 바라보면서. 반짝이는 물결을 바라보고 바라보면서. 그 바다를 따라. 그 바다를 지나. 그렇게 걷고 걸어 우리는 다시 집으로 돌아왔다.

탁아소에 다니는 내내 언니와 나는 쉽게 적응을 하지 못했는데. 마전에서 나고 자라 한 식구나 다름없던 탁아소의 아이들 속에서. 언니와 나는 이전에는 경험해보지 못한 낯선 세계 속에 던져진 것처럼 어리둥절해했는데. 그도 그럴 것이 쌍둥이 특유의 정신적 감응으로 인해 어떤 구체적인 말을 주고받지 않아도 서로의 생각을 훤히 읽을 수 있었던 우리들에게 그곳 아이들과의 교류는 새롭게 익혀야만 하는 말과 말의 교류에 다름 아니었고. 어쩌면 언니와 나 둘만의 그 말없는 비밀스러운 결속이 의도치 않게 마전의 아이들에게 상처를 주었는지도 모를 일이었고. 그러다 보니 아이들로부터 떨어져 나와 탁아소의 마당 여기저기에서 보내는 시간들이 많았고. 그렇게. 그러다. 우리는. 공작을. 그 공작을. 우리의 공작을. 만나게 된다.

공작은 여태껏 한 번도 본 적 없는 비현실적인 모습으로 거기에 서 있었다. 매혹을 불러일으키는 그 모든 것들이 그러하듯. 그것은 소름 끼치게 아름다운 동시에 무섭고도 기이한 자태를 뽐내며 거기에 서 있었다. 우리가 마전의 아이들 속에서 어떤 외계의 감각을 느꼈듯이. 공작은 그 어두운 탁아소 뒷마당에서. 그 자신의 외계를 스스로에게 되비추며 독자적인 비애감 혹은 고고한 존재감 같은 것을 내뿜고 있었다. 보고서도 믿기지 않는 아름다움 앞에서 언니와 나는 그 울타리 앞을 떠날 줄을 몰랐고. 그로부터 공작은 피난처가 필요했던 우리들에게 작은 안식처가 되어주었고. 그리고. 그렇게. 공작을 바라보고 또 바라보던 날들 속에서. 우리는 문득. 어쩌면 이미 느끼고 있었던 어떤 시선들을 만나게 된다. 우리의 맞은편에서 공작을 바라보고 있던. 이미 그들만의 공작을 간직한 채로. 우리보다 훨씬 더 먼저 그 공작을 보고 보고 또 보고 있었던. 그렇게 공작을 바라보는 우리를 바라보고 있었던. 탁아소 밖의 마전의 아이들을 만나게 된다. 탁아소를 다니지 않던 그 아이들은 동네 친구들이 탁아소 안으로 들어가고 나면 탁아소 앞마당에 그대로 남겨진 채로 친구들이 나오기만을 기다리거나 탁아소 담장을 두르고 있던 철조망 밖으로 나가 마당 안쪽으로 나뭇가지를 꺾어 던지곤 했다. 아이들의 얼굴은 날것처럼 빛나는 동시에 어딘가 좀 그늘진 데가 있었는데 그것은 아이들이 항상 어두운 나무 그늘 아래 앉아 있었기 때문만은 아니었다. 이후로 오랫동안. 이후로 줄곧. 언니와 내가 그 탁아소를 떠나기 전까지. 그 탁아소 밖 마전의 아이들과 우리는. 서로의 공작을 가운데에 두고서. 그렇게 멀리에서 마주 보고 서서. 마치 하나의 거울처럼 서로를 되비추고 서서. 말 없는 친구가 되어갔다. 어떤 쓸쓸함 때문에. 어떤 말할 수 없는 쓸쓸함으로.

유년기가 언제 어떻게 끝나는지 정확히 헤아리기 힘든 것처럼. 언제 마지막으로 마전에 갔었는지 기억나지 않는다. 마전의 아이들과 나누었던 말들도 일들도 기억나지 않는다. 기억난다고 한들 각자의 사실이 모두의 진실은 아니듯이. 한 마리의 공작을 가운데 두고서 오래오래 내내 마주 보고 있었던 탁아소 밖의 그 아이들의 모습 역시도 실은 하나의 환영이 아니었을까 생각하면서.

그렇게 마전은 하나의 이미지로. 하나의 어감으로. 되풀이하여 펼쳐지며 무언가를 비추고 있다. 말할 수 없는 무엇을. 말해야만 하는 무엇을. 그러면 문득. 다시 희붐한 빛처럼. 아니 희붐한 어둠처럼. 어느 날의 탁아소의 실내가 떠오르고. 모두가 낮잠에서 깨어났는데도 유독 언니만 깨어나지 않았던 그 어두운 오후가 떠오르고. 낮잠 시간이 끝나고 집에 돌아갈 시간이 지났는데도. 흔들고 흔들었는데도 잠에서 깨어나지 않던 언니의 굳게 감긴 두 눈이 생각나고. 그렇게 죽음과도 같은 시간이 흐른 뒤에야 잠에서 깨어났던 언니의 얼굴이 떠오르고. 그렇게 아무 일도 없었다는 듯 해맑은 얼굴로 언니가 나를 바라보았을 때. 그러니까 그때. 그 짧고도 긴 영원과도 같은 순간의. 그 어둡고도 무거운 공백은. 그 두렵고도 쓸쓸했던 정적은 무엇이었을까. 잊고 있었던 한순간의 깊은 그늘이. 두고두고 마음속 깊은 곳에서 조금씩 조금씩 어둠의 자리를 키우고 있었음을 어느 날 문득 발견하게 될 때. 그렇게 내가 이해하지 못했던 그 모든 깊은 잠을. 깨어나지 못했던 그 모든 슬픔을. 단속적으로 찾아오는 이전과 이후의 어떤 순간들 속에서 다시금 발견하게 될 때. 그러면 다시. 기다렸다는 듯이. 적당한 말을 찾지 못했던 이전의 감정들 속으로 미처 불러들이지 못했던 이후의 문장들이 겹쳐 흘러들면서. 그렇게 그 모든 얼굴과 몸짓과 표정과 풍경들이. 끝내 그것들의 본질에 가닿지 못하리라는. 아득하고도 막막한 감정과 함께 어떤 목소리가 되어 다시 찾아들기 시작했고.

그리하여. 그렇게 다시. 그 오래전 탁아소 마당의 그늘이 떠오르고. 그 그늘 속에 앉아 있던 아이들의 표정이 하나하나 떠오르고. 그렇게. 그 시절. 가난한 줄도 모르는 채로 가난했던 것들의 모양과 색깔이 떠오르고. 그 앞마당을 물들이던 거대한 격자무늬의 그림자가 떠오르고. 정오의 햇빛을 따라 물결치던 그 거대한 격자무늬의 그림자. 사실은 대문 앞에 세워져 있던 철제 구조물의 그림자가 아니라. 탁아소 밖 마전의 아이들이 끝없이 끝없이 탁아소 안마당으로 꺾어 던져 넣었던. 그 무수한 나뭇가지와 나뭇가지의 겹쳐지고 겹쳐진 흔적은 아니었을까. 그렇게 부서지고 부서지던 마음들의 그 어두운 그림자는 아니었을까 하는 뒤늦은 생각과 함께.

그렇게 마전은 알 수 없는 그늘로 가득하여서. 아니. 알 수 없는 그늘과 그늘 사이의. 알 수 없는 빛으로 가득하여서. 그것은 탁아소를 오가면서 하염없이 바라보고 바라보던 바다의 물결이었고. 그렇게 두 눈을 아프게 찔러오면서 사라지던 윤슬의 빛이었고. 그 해안도로의 부서진 시멘트 조각의 균열들 사이사이에 끼어 있던 유리구슬의 빛이었고. 그

둥글고 작은 유리구슬은 바다의 빛을 반사한 채로 다가가는 각도에 따라 숨바꼭질하듯이 눈부시게 나타났다 사라지기를 반복하였고. 무언가에 홀린 듯 그 구멍 속 구슬 앞에 앉아 그 구슬을 꺼내려고 했지만. 구멍에 꼭 맞게 들어앉아 있던 그것을 꺼내는 일은 요원한 일로 여겨졌고. 쓸쓸한 마음이 되어 잊고 있다 어느 날 문득 생각이 나서 그 구멍을 찾아보면 유리구슬은 감쪽같이 사라지고 없었고. 유리구슬이 사라진 텅 빈 구멍을 바라보면서 알 수 없는 그 모든 것들을 생각하다 보면 또 어느 날엔가 비어 있던 그 구멍 속으로 또 다른 유리구슬이 새로이 들어가 있었고.

그렇게. 어떤 비의와도 같은. 삶의 신비를 드러내는. 어둡고도 환한 빛 속에서. 그렇게. 문득문득 떠오르는 오래전 풍경의 표면에는 일렁이는 빛의 자리만큼이나 어두운 시간의 홈집이 가득 새겨져 있다. 말할 수 없는 것들 앞에서. 말하려고 했지만. 고통이 끼어들어서. 통증이 덧대어져서. 그렇게. 조금도 말해질 수 없는 것들 앞에서. 언어는 무너져 내린다. 그리고. 언어가 무너져 내리는 바로 그곳에서. 언어를 초과하는 그 무엇 앞에서. 어떤 문장이 행위한다. 쓰려는 것을 건너뛰고. 쓰려는 것보다 더 빨리 나아간다. 여기에 언어의 어떤 마법이 있다. 하나의 영험한 주문처럼. 언어는 그렇게 드러내려는 현실을 바꾸어놓는다. 실제의 삶 이전의 무엇을. 우리의 기억을. 우리의 내면을. 언어는 바꾸어놓는다. 하나의 세계에서 또 다른 세계로 건너뛰면서. 언어는 우리 안에서 그 모든 보편적인 사물과 세계의 법칙을 간단히 뛰어넘는다. 그렇게 결국 언어는 진정 우리의 현실을 바꾸어놓는다.

나는 왜 마전이라는 지명이. 그 이름이. 그 울림이. 나를 사로잡는지 오래도록 궁금했다. 언제나 나는 나를 사로잡는 낱말의 신비에 대해 알고 싶었다. 나아가 그 낱말에 덧입혀져 있는 신비를 기어이 만나게 되는 어떤 우연의 인과에 대해서도. 아주 어릴 적 소원 그대로 나는 글을 쓰는 사람이 되었는데.

글을 쓰는 깊은 새벽. 아픈 허리 때문에 나도 모르게 입술을 깨물면서 책상을 붙들고 있을 때면. 나는 자진해서 벌을 받는 사람이 되었구나 생각하곤 했고. 어떤 고통 속에서. 사람들은 왜 고통이라는 마음의 낱말 대신 통증이라는 보다 구체적인 몸의 낱말을 가져와 현실의 곤고함을 지우고 누르려고 하는 것인지 생각했고. 그렇게 사물과 사물 사이의 간극. 사물과 언어 사이의 간극. 나와 나 사이의 간극. 나와 언어 사이의 간극. 언어와 언어 사이의 간극을 느끼면서. 그런 간극이야말로 이 세계의 어떤 진실을 가리키고 있는 것은 아닐까 하는 생각과 함께. 이제 나는 내가 시인이 아닌 것 같고. 같은 이유로 더는 시인이 아니기를 바란다. 내가 포기한 바로 그것으로. 그 언어로. 그 형식으로. 내가 바라는 바로 그 작가가 되기를 바라면서. 글을 쓰는 사람이 되고 싶었던 어릴 적의 소망 그대로. 무언가를 다시 제대로 쓰기를 바라면서.

멀리 공작 한 마리가 서 있다. 이제 막 날개를 펼

치려 하고 있다. 멀리 있듯 가까이 서 있는 공작 앞에서 나는 오늘도 낱말을 고른다. 뒤늦게 다시 도착하고 있는 그 모든 얼굴들에 대해 그 모든 목소리들에 대해 무언가를 밝히기 위해서 단어들을 고르고 고른다. 그러나 어떤 얼굴들 앞에서는. 어떤 시간들 앞에서는. 언어를 고르는 것 자체가 죄악으로 여겨질 때가 있다. 이런 순간이야말로 언어 스스로 제자리를 제 얼굴을 찾기를 요구한다고 여겨지는데. 이때 중요한 것은 그 얼굴과 시간에 꼭 들어맞는 언어를 찾아내어 백지 위로 옮겨놓는 일 그 자체가 아니라. 이제 막 자기 자리를 찾으려는 언어 앞에서. 머뭇거리는. 저항하는. 언어의 그 방향성을 자각하는 것. 행여나 어떤 말로 고정됨으로써 그 어떤 본질을 흐리게 될까 두려워하는 마음. 그렇게 언어는 주저하는 마음으로 어떤 궤적을 만들어나간다. 그리하여 중요한 말은 종이 위에 쓰인 말이 아니라. 쌓이고 쌓이면서 지워지고 지워지는 말들. 그렇게 지워짐으로써 종이 위에 다시 드러나는 말들. 그렇게 말과 말 위로 어떤 겹과 겹을 만들어주는 말들이다.

그렇게 보이지 않는 말의 흔적을 쌓아나가는 일. 자신의 문장을 끝없이 끝없이 부정하면서 끝없이 끝없이 문장 뒤로 사라지는 일. 그렇게 문장으로 살아가는 일.

눈을 뜨면 단어는 사라져버린다. 문장은 색과 소리를 잃는다. 나는 늘 그것에 대해 쓰고 싶었다. 문장이 발생하는 어떤 보이지 않는 공간에 대해서. 왼쪽에서 오른쪽으로 위에서 아래로 이동하면서 쌓이는. 평면의 공간이 아닌. 아주 약간 우묵한 공간에 대해서. 그렇게 무언가 담겨 있지만 보이지 않는. 그 파이고 파인 우묵한 그늘에 대해서.

뒤늦게 알게 되는 사랑 때문에 문득 울게 되듯이. 이제 마전이라는 지명은 이웃 동네로 편입이 되어 그 행정적인 이름이 없어졌다고 한다. 공식적인 명칭은 없어졌지만 마전은 누군가에게는 여전히 마전이라 불리우고 있었고. 그렇기에 그리하여 마전은 더욱더 밝혀내야만 할. 미지의. 신비의 영역으로 나아가게 되었다고 나는 느낀다. 그리고 나는 지금 문득. 오래전 탁아소의 그 어두운 오후. 죽음과도 같은 잠에서 깨어났던 언니가. 실은 아무렇지도 않은 얼굴로 말갛게 깨어났던 것이 아니라. 깨어나자마자 깨어나면서부터 울고 있었다는 사실을. 눈물 콧물 범벅으로 울고 있는 나를 보면서 나를 따라서. 그렇게 영문도 모르는 얼굴로 언니는 울면서 깨어났다는 사실을. 이제야. 뒤늦게. 떠올린다.

마전은 그렇게. 다시 나를 끌어당긴다. 다시 펼쳐진다. 그곳에 무언가 밝혀내야 할 것이 있다고 느낀다면 그것은 나의 본성에 가까운 무엇이 숨겨져 있다는 말과 다름 아니라는 것을. 마전麻田. 삼베나무밭. 나는 오래전 그곳에 대해 조금도 알지 못한다. 그곳에서 삼베를 재배하기는 했었는지. 혹여 재배를 했다면 그 삼베로 옷감을 짰었는지. 그것을 내다 팔아 생계유지를 했었는지 나는 조금도 알지 못한다. 그러나 마전이라는 낱말은. 삼베나무로부터 얻은 씨줄과 날줄로 하나의 옷감을 직조할 수 있는 그 어떤 가능성이 어려 있다는 점에서. 자음과 모음을 가져와 문장과 문장을 엮어나가는 글쓰기의 영역과 비유적인 차원에서 아주 가까이 놓여 있다는 것을. 나는. 이 글을 쓰면서야. 비로소. 깨닫는다. 내가 알고 있던 낱말의. 알고 있다고 생각했지만 알지 못했던 낱말의. 그 깊은 신비와 마주치면서. 그렇게 오래전 나의 얼굴과 지금의 나의 글쓰기는 희미하게나마 다시 연결된다. 나는 이제야 어떤 장소를 기억하기 시작한다. 각인하기 시작한다. 간직하기 시작한다.

공작이 있다. 공작은 오늘도 이곳에서 저곳으로 빛을 끌면서 걸어가고 있다. 하나의 영원처럼. 나는 그 공작 앞으로 다가가 구슬 하나를 굴려서 넣어준다. 어린 시절 그토록 꺼내고 싶었지만 꺼내지 못했던 바로 그 유리구슬을.

빛나라고.
같이. 더욱 빛나라고.

있지도 않은 문장은 아름답고

지은이 이제니
펴낸이 김영정

초판 1쇄 펴낸날 2019년 3월 25일
초판 8쇄 펴낸날 2024년 11월 5일

펴낸곳 (주)현대문학
등록번호 제1-452호
주소 06532 서울시 서초구 신반포로 321(잠원동, 미래엔)
전화 02-2017-0280
팩스 02-516-5433
홈페이지 www.hdmh.co.kr

ISBN 978-89-7275-960-7 04810
        978-89-7275-959-1 (세트)

* 책값은 뒤표지에 있습니다.

현대문학 핀 시리즈 시인선